U0130807

以心為家

青年的創作百花齊放。近年小誌、書誌深受青年讀者喜愛，運用嶄新的出版模式，讓青年創意能以較低門檻展示。雖然小誌及書誌跟一般書籍稍有不同，但青年作家投放在文章、畫作的心力，更為精準深刻，呈現獨特魅力。

香港青年協會一直致力推廣閱讀、鼓勵青年投入創作，今年特別推出適合任何年齡閱讀的書誌系列，期望將更多具特色的青年作品，供兒童、青少年、家長及不同讀者群體欣賞。

本書作者葉滙盈是青協本年度「青年作家大招募計劃」的獲選青年之一。滙盈現就讀於香港浸會大學視覺藝術碩士，是位年輕插畫家，喜歡以水彩記載日常，透過率性隨心的畫作，配合細膩文字，分享內心感受。

本書以濃厚的色彩，透過鯨魚主角，探討「何處為家」的命題。主角離開照顧牠長大的人類後，獨自在汪洋大海歷險，遇上連串奇特經歷，悟出「心之所處便是家」的道理。

亮麗的畫作、富有深意的故事，我們期望讀者能與滙盈一起，尋找心安之所，在人生旅途中覓得知己良朋。藉此作品主題背景，我們亦誠願大家共同守護美麗的大自然，一起為環境可持續發展出力。

何永昌
香港青年協會總幹事
二零二二年七月

鯨歸何處

作者序

由 一 個 夢 開 始

這繪本《鯨歸何處》由 2021 年初的一個夢而來。

那一夜,我夢見我養了一條鯨魚。可牠長得愈來愈大,迫不得以要離開這小小的家。分別時的錐心之痛是如此真切,即使夢醒仍然止不住想念。那鬱結的心情不斷蔓延,促使我畫下了一系列的鯨魚畫作,更將夢境改編成了這個故事。

將夢裡的見聞畫成畫作、寫成故事是我的習慣,電腦裡「夢」的文件夾中應該收錄了過百篇經歷。我本科的心理學畢業論文是「夢與創意」的研究,甚至我視覺藝術碩士的研究計劃也是以夢為題。夢對我的影響是何等巨大!

只不過,我從來沒有想過我的「夢」這麼快就以繪本這種具像化的形式會呈現在大眾的眼前。

在機緣巧合下,得到很多人的賞識和幫助,「鯨歸何處」的故事不夠一年就能成書。或許成就這一切的不是我的力量,而是夢裡有些事物急不及待的渴望出現在這世界上。

各位讀者閱讀此書後,也請您享受自己的夢境,傾聽夢裡面的聲音,將夢裡的景物盡收眼底。夢裡帶給您的體驗和希望,或者不亞於現實。

Deville Dewil
香港青年協會「青年作家大招募 2022」獲選作家
《鯨歸何處》作者
 deville.colour

從有意識以來，我就活在

　　　　這小小的海峽。

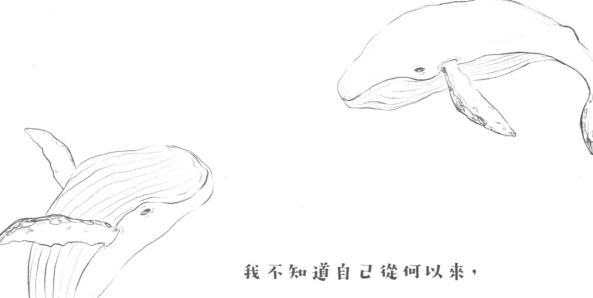

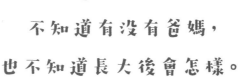

我 不 知 道 自 己 從 何 以 來 ，
　不 知 道 有 沒 有 爸 媽 ，
　也 不 知 道 長 大 後 會 怎 樣 。

我唯一的朋友是那個

紅頭髮的女孩。

她每天都會從崖上的家下來找我，

時而坐在小船上傾訴日常的故事，

時而浮潛於海裡與我嬉戲。

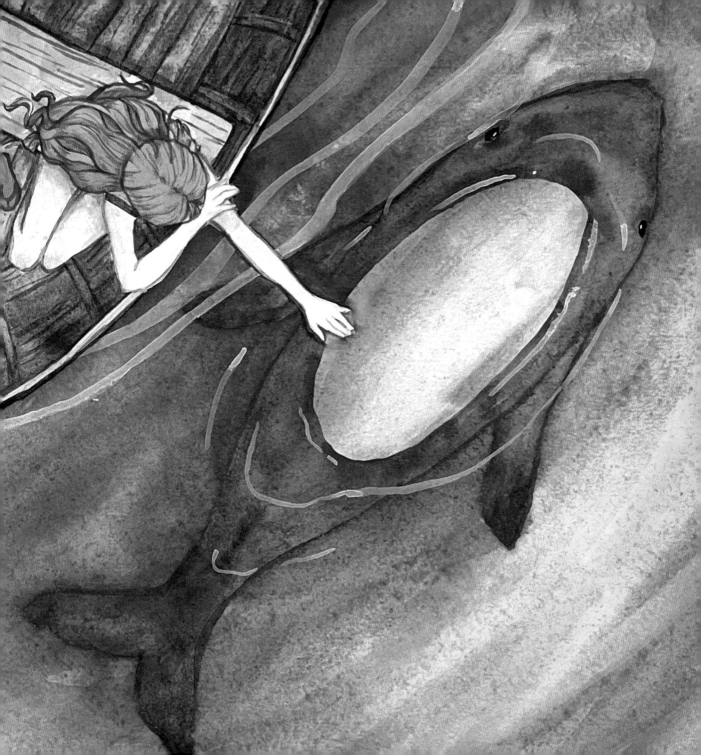

「你長大了，這個小小的海峽不適合你居住。
你應該到更廣闊的深海去，
你會找到新的家、找到同伴，
你能自由自在的暢游。」

紅髮女孩嘴角咧起微笑說道，
水滴卻在臉頰滑下。

我在海裡漫無目的找方向。

女孩的願望就是我的希望，

我相信當我找到新的家，

我就會 如她所願般快樂。

過了好一段日子，也大概游了好遠好遠，

我去到一片粉紅色的珊瑚海。

那抹紅色，就像女孩的頭髮一樣。

時間再怎樣過，我還是想她。

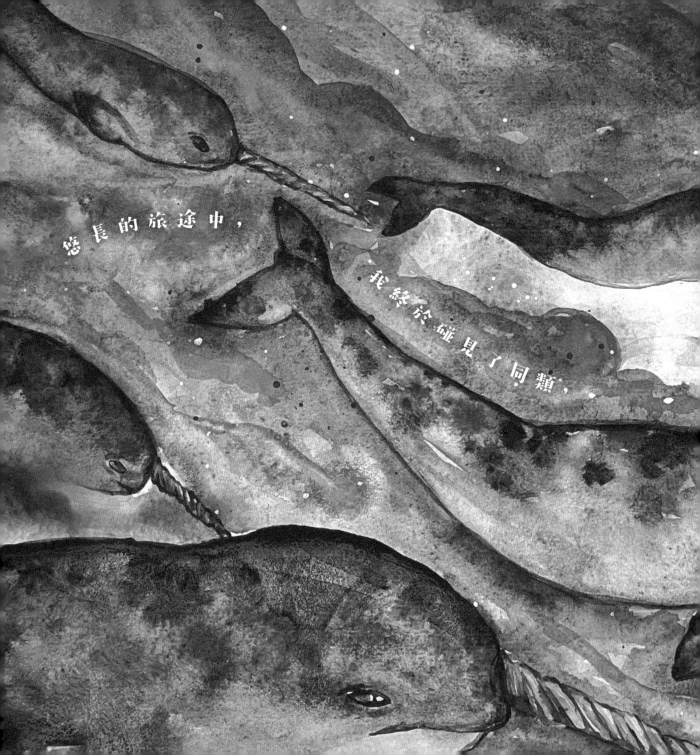

悠長的旅途中，

我終於碰見了同類，

那是長著角的獨角鯨。

「別過來我們的海域！」

誰知那群獨角鯨驅逐我。

你這外來者！」

我轉身拼盡力氣的游，

才擺脫了他們的攻擊。

還未能稍作歇息，
我就撞見了 **虎鯨**，嚇得我不敢動彈。

我曾聽說他別稱為「殺人鯨」，
他會殺人，
而且甚麼生物都會獵殺，十分兇殘。

「不要緊張，我叫虎鯨，我不會傷害你。」
虎鯨看我如此焦慮。

聊天以後，我才了解到虎鯨根本不會食人。

雖然虎鯨位於海洋食物鏈頂層，食性也廣泛。

但他平常吃的是魚類、無脊椎動物和海豹等，不深自倒傳裡，讀書裡中倒傳。

在大海如銀河般閃亮的另一天，

鯨鯊出現了。

原來，
　　每一條鯨鯊
　　　　背上的點點都不盡相同。

他們　　　　　都是　　獨一無二
　　　　　　　　　　　　　　的個體。
　　每　一　個

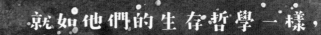

就如他們的生存哲學一樣，

他們堅定不移地
尋找自己獨特的個性，
而且獨自磨鍊發光，

從不為他人的認同
而委曲自己。

我在水中載浮載沉，
思考著我所追求的「家」是甚麼。

然後

我得

出了

結論，

默默地

向那

個方向

游去。

在往家的路上，我遇上了抹香鯨。

他雖年老，

卻能清晰地指引我路向。

有他相伴的路上，

令我倍感安心，

不致寂寞。

但有些路還是得獨自去闖，獨自去過。

我的思緒反愈見清澈明亮。

越過洋流，穿過漆黑，

我不需要無邊的海洋，也不需要刻意追求同伴。

因為只有那個紅髮女孩在的小小的海峽才是我的家。

那裡才是我永遠心安的歸宿。

我 游

家，

　　就在眼前。

香港青年協會

hkfyg.org.hk | m21.hk

香港青年協會（簡稱青協）於 1960 年成立，是香港最具規模的青年服務機構。隨著社會瞬息萬變，青年所面對的機遇和挑戰時有不同，而青協一直不離不棄，關愛青年並陪伴他們一同成長。本著以青年為本的精神，我們透過專業服務和多元化活動，培育年青一代發揮潛能，為社會貢獻所長。至今每年使用我們服務的人次接近 600 萬。在社會各界支持下，我們全港設有 90 多個服務單位，全面支援青年人的需要，並提供學習、交流和發揮創意的平台。此外，青協登記會員人數已達 50 萬；而為推動青年發揮互助精神、實踐公民責任的青年義工網絡，亦有超過 25 萬登記義工。在「青協‧有您需要」的信念下，我們致力拓展 12 項核心服務，全面回應青年的需要，並為他們提供適切服務，包括：青年空間、M21 媒體服務、就業支援、邊青服務、輔導服務、家長服務、領袖培訓、義工服務、教育服務、創意交流、文康體藝及研究出版。

e·Giving

青協網上捐款平台
Giving.hkfyg.org.hk

鯨歸何處

出版	香港青年協會
訂購及查詢	香港北角百福道21號 香港青年協會大廈21樓
	專業叢書統籌組
電話	(852) 3755 7108
傳真	(852) 3755 7155
電郵	cps@hkfyg.org.hk
網址	hkfyg.org.hk
青協書室	books.hkfyg.org.hk
M21網台	M21.hk
版次	二零二二年七月初版
國際書號	978-988-76279-4-4
定價	港幣100元
顧問	何永昌
督印	魏美梅
執行編輯	周若琦
編輯委員會	鍾偉廉、周若琦、李心怡、徐梓凱、房子程、潘俊行
撰文及插畫	Deville Dewil（葉滙盈）
設計統籌	徐梓凱
設計及排版	D. Design
製作及承印	活石印刷有限公司

Whale's Ocean

Publisher	The Hong Kong Federation of Youth Groups 21/F,
	The Hong Kong Federation of Youth Groups Building,
	21 Pak Fuk Road, North Point, Hong Kong
Printer	Living Stone Printing Co Ltd
Price	HK$100
ISBN	978-988-76279-4-4

青協App　立即下載